590

© Helen Oxenbury. Published 1983 by Walker Books, Londres
© de la traducción española: Editorial Juventud, Barcelona, 1983
Tercera edición, 1990
Traducción de José Fernández
Depósito Legal, B. 21.667-1990
ISBN 84-261-1947-6
Núm. de edición de E. J.: 8.353
Impreso en España - Printed in Spain
I. G. Credograf, S. A. Llobregat, 36 - 08291 Ripollet (Barcelona)

La clase de baile

Helen Oxenbury

EDITORIAL JUVENTUD, S.A.
Provença, 101 - 08029 Barcelona

Mamá dice que yo puedo
ir a clase de baile.

—Compraremos estas medias
—dijo mamá.
Cuando crezca un poco le irán bien.

—Ven, que te recogeré el pelo
igual que a las demás.

—La cabeza alta, la barriguita adentro,
rodillas derechas y el pie de punta
—dice la maestra.

—No llores, no ha sido nada.
Te enseñaré a atarte bien
las zapatillas de baile.

—Lo has hecho muy bien
—me ha dicho la maestra—.
¿Querrás volver la próxima semana?

—Lo hacemos así, mamá. ¡Mira!
Volveré a casa
saltando todo el camino.